머리맡에 두고 읽는 시

■ 이 도서의 국립중앙도서관 출판예정도서목록(CIP)은
서지정보유통지원시스템 홈페이지(http://seoji.nl.go.kr)와
국가자료공동목록시스템(http://www.nl.go.kr/kolisnet)에서 이용하실 수 있습니다.
(CIP제어번호: CIP2020024845)

머리맡에 두고 읽는 시

김용택

어쩌면
마음이 떠나지요

마음산책

김소월

본명은 김정식. 1902년에 평안북도 정주에서 태어났다. 1915년 오산학교 중학부에 입학했다가 은사인 김억을 만나 시를 쓰기 시작했다. 1920년 김억의 주선으로 문학동인지 〈창조〉에 「낭인의 봄」 외 4편의 시를 발표했다. 1925년에 시집 『진달래꽃』을 출간했다. 〈동아일보〉 지국의 경영 실패와 시대에 대한 울분으로 실의에 찬 나날을 보내다가 서른셋에 생을 마감했다.

머리맡에 두고 읽는 시 김소월
어쩌면 마음이 떠나지요

1판 1쇄 인쇄 2020년 6월 25일
1판 1쇄 발행 2020년 6월 30일

지은이 | 김용택
펴낸이 | 정은숙
펴낸곳 | 마음산책

편집 | 권한라 · 성혜현 · 김수경 · 이복규   디자인 | 최정윤 · 오세라
마케팅 | 권혁준 · 김종민   경영지원 | 박지혜

등록 | 2000년 7월 28일(제13-653호)
주소 | (우 04043) 서울시 마포구 잔다리로 3안길 20
전화 | 대표 362-1452 편집 362-1451   팩스 | 362-1455
홈페이지 | http://www.maumsan.com
블로그 | maumsanchaek.blog.me
트위터 | http://twitter.com/maumsanchaek
페이스북 | http://www.facebook.com/maumsan
전자우편 | maum@maumsan.com

ISBN 978-89-6090-624-2 04810
    978-89-6090-629-7 04810 (세트)

* 책값은 뒤표지에 있습니다.

현대적 해석이 따로 필요 없는
어제가 오늘인 시인.

김소월, 백석, 윤동주, 이상, 이용악의 시선집을 엮다

1

김소월 하면 「진달래꽃」「초혼」 등 몇 편의 시가 생각난다. 나는 소월의 「엄숙」이 좋다. 이상 하면 「오감도」다. 그러나 나는 이상의 「가정」이라는 시가 좋다. 이상의 시를 읽으며 나는 그가 때로 근대를 넘어 현대를 스쳐 지나가고 있다는 느낌이 들 때가 있다. 백석 하면 「나와 나타샤와 흰 당나귀」가, 윤동주 하면 「서시」가 비켜서지 않은 그들의 정면이다. 이용악의 서럽도록 아름다운 시 「집」이나 「길」 같은 시는 읽히지 않는다. 유명한 시인들의 강렬한 시 몇 편이 다양하고 다채롭고 역동적인 그들의 시 세계를 가로막고 있다.

그럴 수는 없겠지만, 그렇게 되지도 않겠지만, 김소월, 백석, 윤동주, 이상, 이용악 이 다섯 시인에게 고정시켜놓은 시대적, 시적, 인간적인 부동의 정면을 잠시 걷어내고 그들에게 자유의 '날개'를 달아주고 싶었다. 이 시선집을 엮으며 나는 이상이 친근해졌다. 그의 슬픔에는 비굴이 없다.

2

이 다섯 권의 시선집은 시인과 시를 연구한 시집이 아니다. 그냥 읽어서 좋은 시들이다. 누구나 편하게 읽을 시, 읽으면 그냥 시가 되는 시, 시 외에 어떤 선입견도 버린 그냥 '시'였으면 좋겠다. 마음이 어수선할 때, 내 삶을 무슨 말로 정리하고 넘어가고 싶을 때, 간절한 손끝이 가닿는 머리맡에 이 시집들을 놓아드리고 싶다.

3

지금 당신이 애타게 찾는 말이, 당신을 속 시원하게 할 수는 없겠지만, 그럴 수는 없겠지만, 어쩌면 그럴 수도 있을 것이다. 그것이 이 시집이고, 이 시라면, 그러면, 지금의 당신도 저 달처럼 어제와는 다른 날로 한발 다가가거나 아까와는 다른 지금으로 생각의 몸집을 줄일 수 있을 것이다. 내일 아침 새로 디딜 땅을 스스로 만들 수 있는 이는 지금 바로 당신뿐이다.

4

달빛이 싫어 돌아눕고 돌아누워도 해결되지 않은 일이 실은, 달빛 때문이 아니었음을 나중에야 깨닫는다. 그것은 세상이 변해도 낡지 않을 사랑을 찾기 위한 저문 산길 같은 사람의 외로움이다. 철없는 외로움과 쓸데없는 번민들, 버려도 괜찮을 희망을 안쓰럽게 다독여주는, 내 머리맡의 시들, 달빛에 엎디어 읽던 시인들의 시들을 달빛처럼 쓸어 모아 새집을 지어주었다. 그 집은 '한 집안 식구 같은 달'이 뜬 나의 집이기도 하다.

2020년 여름

시인 김용택

◆ 일러두기

1. 김소월 시의 원본과 현대어 표기는 『김소월 시전집』(권영민 엮음, 문학사상, 2007)을 참고했습니다.
2. 원본 중 한자는 모두 한글로 바꾸었습니다.
3. 원본을 따르되, 일부 맞춤법과 띄어쓰기는 내용을 해치지 않는 범위 내에서 현대어 표기에 맞게
   바꾸었습니다.

차 례

소월의 시는 사람들이 다 쉽다고 한다.
다 안다고 한다.
그러나 단언하건대. 소월의 시를 다 모른다.
말하자면 소월의 시가
우리들의 마음을 이렇게 헤집어놓을지를.

바리운 몸

꿈에 울고 일어나
들에
나와라.

들에는 소슬비
머구리는 울어라.
풀 그늘 어두운데

뒷짐 지고 땅 보며 머뭇거릴 때.

누가 반딧불 꾀어드는 수풀 속에서
'간다 잘 살아라' 하며, 노래 불러라.

소월은 1902년에 태어나 1934년에 죽었다. 우리 나이로 서른셋이었다. 나는 서른넷까지 홀로 끙끙거리다가 서른다섯에 문단에 나갔다.

　늘 낯선 사람. 스쳐 지나간 후 문득 생각나 이름을 부르며 불이 나게 달려가 같이 걷고 싶은 낯설고 낯익은 사람. 읽을 때 다르고 읽고 나서 다르고 어제 읽은 시 오늘 생각하면 또 다른, 현대적 해석이 따로 필요 없는 어제가 오늘인 시인. 따로 평이 없어도 아무렇지 않은 시인. 소월은 100여 년 전의 시인이지만 밤이면 내 머리맡에 떠 있는 한 식구 같은 달이다.

꿈

꿈? 영의 해적임. 설움의 고향.

울자, 내 사랑, 꽃 지고 저무는 봄.

'꿈?

영

해적임.

설움

고향.

울자,

내

사랑,

꽃

지고

저무는

봄.'

하나의 독립된 낱말이 모여서 어떻게 한 편의 시가 되어 우리들의 마음을 흔들어놓는지를 여실히 보여주는 시다. 설명해 보라. 나는 모르겠다.

옛 낯

생각의 끝에는 졸음이 오고
그리움의 끝에는 잊음이 오나니,
그대여, 말을 말아라, 이후부터,
우리는 옛 낯 없는 설움을 모르리.

어찌 모르리. 옛 낯을 어찌 모르리. 먼 곳에서 가장 빨리 달려온 사람. 코앞에서 가장 먼 데 있는 사람. 이전과 이후가 없는 늘 지금 이 얼굴을, 내 어찌 모르리.

잊었던 맘

집을 떠나 먼 저곳에
외로이도 다니던 내 심사를!
바람 불어 봄꽃이 필 때에는
어찌타 그대는 또 왔는가.
저도 잊고 나니 저 모르던 그대
어찌하여 옛날의 꿈조차 함께 오는가.
쓸데도 없이 서럽게만 오고 가는 맘.

'저도 잊고 나니 저 모르던 그대'라는 말을 이해하는 데 시
간이 걸린다. 걸린 시간만큼이나 또 에인 가슴의 그리움과 아
픔이 깊다. 소월의 시 속에 숨은 어둠과 밝음, 그리움과 미움,
슬픔과 기쁨, 기다림과 잊음의 무게는 늘 한 근으로 같다. 미
움과 사랑의 무게가 같을 때, 실은 그 사람 쪽으로 이미 마음
이 가고 있는 것이다. 소월은 늘 그렇게 우리들에게 저울추의
균형을 찾는 혼란을 준다.

풀따기

우리 집 뒷산에는 풀이 푸르고
숲 사이의 시냇물 모래 바닥은
파아란 풀 그림자 떠서 흘러요.

그리운 우리 임은 어디 계신고.
날마다 피어나는 우리 임 생각.
날마다 뒷산에 혼자 앉아서
날마다 풀을 따서 물에 던져요.

흘러가는 시내의 물에 흘러서
내어 던진 풀잎은 옅게 떠갈 제
물살이 헤적헤적 품을 헤쳐요.

그리운 우리 임은 어디 계신고.
가엾은 이내 속을 둘 곳 없어서
날마다 풀을 따서 물에 던지고
흘러가는 잎이나 맘 해 보아요.

감나무가 한 그루 있는 우리 집 뒤꼍에는 돌이 많다. 뒤꼍으로 봄이 오고 뒤꼍에 눈 내리는 소리가 들린다. 감나무 아래 넓은 돌이 하나 있는데, 어느 날 그 돌에 앉아 돌 주위에 있는 풀잎을 뜯어 멀리 던지고 있었다. 내가 사는 집 앞에는 강물이 흐른다. 내가 던진 풀잎은 강물에 미치지 못하였다. 그날이 어떤 날이었는지, 내가 왜 거기 앉아 풀잎을 뜯어 던지고 있었는지, 지금 나는 모른다. 다만 나는 무슨 생각엔가 하염없었다. 어느 날 강에서 놀 때 '시냇물 모래 바닥은/ 파아란 풀 그림자 떠서 흘러'가는 것을 보며 나는 그날을 떠올렸다. 소월의 많은 시 중에서 나는 이 시를 좋아한다. 그 어느 날의 나 같기에……

꿈꾼 그 옛날

밖에는 눈, 눈이 와라,
고요히 창 아래로는 달빛이 들어라.
어스름 타고서 오신 그 여자는
내 꿈의 품속으로 들어와 안겨라.

나의 베개는 눈물로 함빡이 젖었어라.
그만 그 여자는 가고 말았느냐.
다만 고요한 새벽, 별 그림자 하나가
창틈을 엿보아라.

'와라.'

'들어라.'

'안겨라.' 어떻게 또 '젖었어라'고 말할 수 있는지, 그리고 또 '말았느냐'고 서운해하고 또 다시 '엿보아라'라는 말도 안 되는 말이 이렇게나 맞아떨어지는지. 시만이, 소월만이 가능한 문법이 아닌지. 저절로 어느 세상으로 빠져든다. 그 누구나 한 번쯤은 다 이런 심사를, 뒤적이는 눈 오는 밤을 흘려보냈을 텐데……. 바람 잔 날 눈 오듯이 가만가만 소월을 따라가보라. 그 시작과 끝이 지워질 때까지.

예전엔 미처 몰랐어요

봄가을 없이 밤마다 돋는 달도
'예전엔 미처 몰랐어요.'

이렇게 사무치게 그리울 줄도
'예전엔 미처 몰랐어요.'

달이 암만 밝아도 쳐다볼 줄을
'예전엔 미처 몰랐어요.'

이제금 저 달이 설움인 줄은
'예전엔 미처 몰랐어요.'

우리 모두 다 아는 시다. 나는 '시 같은 것'은 몰라 하는 사람도 이 시를 어디선가 보았거나, 아니면 어디선가 '예전엔 미처 몰랐어요'라는 구절은 들어보았을 것이다. 그도 아니면 '달이 암만 밝아도 처다볼 줄을/ 예전엔 미처 몰랐어요.' 이런 때가, 이런 경험이 없는 사람은 아마 없을 것이다.

소월의 시는 사람들이 다 쉽다고 한다. 다 안다고 한다. 그러나 단언하건대, 소월의 시를 다 모른다. 말하자면 소월의 시가 우리들의 마음을 이렇게 헤집어놓을지를.

나는, 늘 '예전엔 미처 몰랐어요'라며 소월의 시를 다시 한 자 한 자 가만가만 새로 따른다. 그리하여 읽을 때마다 소월의 시는 그 정조가 다르다. 그리고 놀란다! 놀랍다! 아니, 이런! 한다.

진달래꽃

나 보기가 역겨워

가실 때에는

말없이 고이 보내드리우리다

영변에 약산

진달래꽃

아름 따다 가실 길에 뿌리우리다

가시는 걸음걸음

놓인 그 꽃을

사뿐히 즈려밟고 가시옵소서

나 보기가 역겨워

가실 때에는

죽어도 아니 눈물 흘리우리다

봄 산에 오르다 진달래를 보면 나는 늘 이런 생각이 난다. 진달래꽃은 응달에 많이 피는구나. 솔숲 아래 필 때 진달래는 진달래꽃답구나. 진달래꽃은 올려다보는 절벽 바위틈에 아슬아슬 피어 있을 때 진달래꽃답구나. 그리고 소월의 시 「진달래꽃」에서 '역겨워'라는 말이 떠오르고, '아니 눈물 흘리우리다'라는 말은 내 발걸음을 더디게 한다. 소월의 시는 정말 가만가만 한 자 한 자 한 구절 한 구절 자세히 읽어야 한다. 그래도 아무 감정의 물결이 일지 않는 사람은 죽어도 사랑을 모르는 사람이다. 몇 번씩 곱씹어 읽어보라. 음식이든 인생이든 늘 곱씹어야 맛이 우러난다. 「진달래꽃」은 그런 곱씹는 시다. 그래야 '역겹다'라는 말의 의미가 바위틈에서 진달래꽃빛으로 울며 솟아난다.

산

산새도 오리나무
위에서 운다
산새는 왜 우노, 시메산골
영 넘어가려고 그래서 울지.

눈은 내리네, 와서 덮이네.
오늘도 하룻길
칠팔십 리
돌아서서 육십 리는 가기도 했소.

불귀, 불귀, 다시 불귀,
삼수갑산에 다시 불귀.
사나이 속이라 잊으련만,
십오 년 정분을 못 잊겠네.

산에는 오는 눈, 들에는 녹는 눈.
산새도 오리나무

위에서 운다.

삼수갑산 가는 길은 고개의 길.

이 시 선집은 문학적인 분석이나 해석을 하는 전문적인 사
람들을 위한 시집이 아니다. 특별한 시선을 두고 시를 고른 것
도 아니다. 읽기 좋은 시집이고 읽으면 그냥 이해할 수 있는
시들을 모았다.

시인을 생각할 필요도 없다. 손을 뻗으면 닿을 머리맡에 두
고 읽어서 좋은 시집이었으면 하는 생각으로 엮은 시집이다.
시에 대한 선입견을 지우면 더 좋다. 김소월의 생각을 따를 필
요도 배울 필요도 없다. 그냥 읽으며 내 마음이 생겨나는 대로
벌떡 일어나 앉거나, 돌아누워 창가에 반쯤 걸린 달이나 보면
된다. 편한 마음, 편안한 즐거움과 행복이 손에 잡히는 시집이
었으면 좋겠다. 그러면 그만이다.

'눈은 내리네, 와서 덮이네.

오늘도 하룻길

칠팔십 리

돌아서서 육십 리는 가기도 했소.'

사랑을 위해 '돌아서서 육십 리는 갈' 마음이 일면 되리라.

드리는 노래

한 집안 사람 같은 저기 저 달님

당신은 사랑의 달님이 되고
우리는 사랑의 달무리 되자.
쳐다보아도 가까운 달님
늘 같이 놀아도 싫잖은 우리.

미더움 의심 없는 보름의 달님

당신은 분명한 약속이 되고
우리는 분명한 지킴이 되자.
밤이 지샌 뒤라도 그믐의 달님
잊은 듯 보였다가도 반기는 우리.

귀엽긴 귀여워도 의젓한 달님

당신은 온 천함의 달님이 되고

우리는 온 천함의 잔별이 되자.

넓은 하늘이라도 좁았던 달님

수줍음 수줍음을 따르는 우리.

아내가 시 모음 원고를 읽으며, 햐아! 야아! 이거 봐! 이럴
수가! 이러니, 소월이지! 누가 소월을 따르겠어! 감탄사를 연
발하더니, 이거 봐 이거 봐 내가 한번 읽어볼게.

'한 집안 사람 같은 저기 저 달님'.

세상에 어떻게 달을 '한 집안 사람'이라고 말할 수 있을까.

바라건대는 우리에게
우리의 보습 댈 땅이 있었더면

나는 꿈꾸었노라, 동무들과 내가 가지런히
벌 가의 하루 일을 다 마치고
석양에 마을로 돌아오는 꿈을,
즐거이, 꿈 가운데.

그러나 집 잃은 내 몸이여,
바라건대는 우리에게 우리의 보습 댈 땅이 있었더면!
이처럼 떠돌으랴, 아침에 저물손에
새라 새로운 탄식을 얻으면서.

동이랴, 남북이랴,
내 몸은 떠가나니, 볼지어다,
희망의 반짝임은, 별빛이 아득임은.
물결뿐 떠올라라, 가슴에 팔다리에.

그러나 어쩌면 황송한 이 심정을! 날로 나날이 내 앞에는
자칫 가느다란 길이 이어가라. 나는 나아가리라

한 걸음, 또 한 걸음, 보이는 산비탈엔

온 새벽 동무들 저저 혼자…… 산경을 김매는.

나라가 없다는 말이 그저 은유가 아니라, 실제 상황이라면 마음이 어떨까. 나라를 빼앗긴 나라에서 사는 사람들은 어떤 생각으로 밤을, 달을, 별을, 하늘을, 바람을, 농토를, 밥을, 이웃 동무들을 바라볼까. 나라가 없다니, 나라를 빼앗기다니, 그렇다면 빼앗긴 나라의 시인은 어떻게 시를 쓸까. 나라가 없을 때, 시인은 어떻게 살까. 소월은 그래서 '저저 혼자…… 산경을 김'맸던가?

　이 시는, 소월 시의 심장박동 소리다.

산유화

산에는 꽃 피네
꽃이 피네
갈 봄 여름 없이
꽃이 피네

산에
산에
피는 꽃은
저만치 혼자서 피어 있네

산에서 우는 작은 새요
꽃이 좋아
산에서
사노라네

산에는 꽃 지네
꽃이 지네

갈 봄 여름 없이

꽃이 지네

'산에

산에

피는 꽃은

저만치 혼자서 피어 있네'.

내가 가장 좋아하는 문장 중에 하나가 '저만치 혼자서'다. 도대체 '저만치'의 거리는 몇 미터, 아니 몇 걸음, 몇 리일까? 세상을 살면서 그 누구에게, 어떤 것에게, 무슨 일로 '저만치'의 거리를 둔 적이 있을까. 혹은 '저만치' 서 있는 아름다운 이를 본 아름다운 이가 있었을까.

접동새

접동
접동
아우래비 접동

진두강 가람 가에 살던 누나는
진두강 앞마을에
와서 웁니다

옛날, 우리나라
먼 뒤쪽의
진두강 가람 가에 살던 누나는
의붓어미 시샘에 죽었습니다

누나라고 불러보랴
오오 불설워
시새움에 몸이 죽은 우리 누나는
죽어서 접동새가 되었습니다

아홉이나 남아 되던 오랩동생을
죽어서도 못 잊어 차마 못 잊어
야삼경 남 다 자는 밤이 깊으면
이 산 저 산 옮아가며 슬피 웁니다

접동새는 두견새의 방언이다. 두견새와 소쩍새를 혼동하기 쉽다. 두견새는 낮에 울고 소쩍새는 밤에 운다. 소쩍새는 소쩍 소쩍 소쩍쩍 울고 두견이는 이렇게 운다고 한다. '홀딱 자빠졌다' 또는 '쪽박 바꿔주우'. 좀 짓궂은 사람들은 이 새 울음을 이렇게도 흉내 내며 웃는다. '홀딱 벗고, 홀딱 벗고'. 두견새는 깊은 숲속에 살아 모습이 잘 안 보인다고 한다. 알을 하나 낳는데, 남의 집에 '위탁'한다. 두견이에게는 이런 애절한 사연이 있었던 것이다. 그러니 지리산에 오르다 이 새가 울면 그래서 이리 운 줄 알그라.

등불과 마주 앉았으려면

적적히

다만 밝은 등불과 마주 앉았으려면

아무 생각도 없이 그저 울고만 싶습니다.

왜 그런지야 알 사람이 없겠습니다마는.

어두운 밤에 홀로이 누웠으려면

아무 생각도 없이 그저 울고만 싶습니다.

왜 그런지야 알 사람도 없겠습니다마는,

탓을 하자면 무엇이라 말할 수는 있겠습니다마는.

'왜 그런지야 알 사람도 없겠습니다마는.'

'탓을 하자면 무엇이라 말할 수는 있겠습니다마는.'

이 구절을 서너 번 읽으면 요즘 시를 읽고 있는 것 같다. 콕 집어서, 누구의 시라고 하면은 안 되겠습니다마는. 콕 집어서, 누구 시라고 해도 그게 그리 큰 흉은 아니겠습니다마는.

못 잊어

못 잊어 생각이 나겠지요,
그런 대로 한 세상 지내시구려,
사노라면 잊힐 날 있으리다.

못 잊어 생각이 나겠지요,
그런 대로 세월만 가라시구려,
못 잊어도 더러는 잊히오리다.

그러나 또 한편 이렇지요,
'그리워 살뜰히 못 잊는데,
어쩌면 생각이 떠나지요?'

이 시를 읽으며 수많은 사람들이 이별의 시간을 견디어냈을 것이다. 그렇게 잊으라고 해놓고, 그렇게 잊는다고 아침저녁으로 밤낮으로 다짐을 해놓고 다시 제자리로 돌아와 '어쩌면/ 생각이/ 떠나지요?' 하고 묻는다. 그것도 남이 아닌, 자신에게.

동경하는 애인

너의 붉고 부드러운

그 입술에보다

너의 아름답고 깨끗한

그 혼에다

나는 뜨거운 키스를……

내 생명의 굳센 운율은

너의 조그마한 마음속에서

끊임없이 움직인다.

감추고, 숨기고, 빙빙 돌고, 은근히 내비치고, 아닌 척, 곁눈질로 사람들의 애간장을 녹이는 것이 주특기인 소월도 행동을 감출 수 없는 애인이 있었던 모양이다. '끊임없이 움직이는 마음'을 이렇게 숨길 수 없었던 모양이다. 아주 노골적으로 말이다. 사랑을 향해 '끊임없이 움직이는 마음'이 어떤 마음인지 아는 사람은 사랑을 해본 사람이다.

고적한 날

당신님의 편지를
받은 그날로
서러운 풍설이 돌았습니다.

물에 던져달라고 하신 그 뜻은
언제나 꿈꾸며 생각하라는
그 말씀인 줄 압니다.

흘려 쓰신 글씨나마
언문 글자로
눈물이라 적어 보내셨지요.

물에 던져달라고 하신 그 뜻은
뜨거운 눈물 방울방울 흘리며,
맘 곱게 읽어달라는 말씀이지요.

적막은, 아무도 안 오는 날. 고요는, 귀찮아 찾은 산. 조용은, 초등학교 2학년 선생님이 입에 달고 사는 말. 고적은, 기다리는 편지 안 온 날. 들길 끝에 혼자 서 있는 저녁.

만리성

밤마다 밤마다
온 하룻밤!
쌓았다 헐었다
긴 만리성!

하룻밤에 쌓은 성이 만 리만 되면, 좋겠다.

걸으면 가닿고 걷다가 보면 끝이 있을 테니까.

날 새니, 또 만 리 밖.

가는 길

그립다
말을 할까
하니 그리워

그냥 갈까
그래도
다시 더 한 번……

저 산에도 까마귀, 들에 까마귀,
서산에는 해 진다고
지저귑니다.

앞 강물, 뒤 강물,
흐르는 물은
어서 따라오라고 따라가자고
흘러도 연달아 흐릅디다려.

1연, 2연, 3연, 4연이 따로따로 한 편의 시다. 1연 읽다 쉬고, 2연 읽다 놀고, 3연 읽다가 자고, 4연 읽으면 다시 1연으로 가서 강가를 거닐며 이렇게 외우고 싶다

'그립다

말을 할까

하니 그리워'.

왕십리

비가 온다
오누나
오는 비는
올지라도 한 닷새 왔으면 좋지.

여드레 스무 날엔
온다고 하고
초하루 삭망이면 간다고 했지.
가도 가도 왕십리 비가 오네.

웬걸, 저 새야.
울랴거든
왕십리 건너가서 울어나 다고.
비 맞아 나른해서 벌새가 운다.

천안에 삼거리 실버들도
촉촉이 젖어서 늘어졌다데.

비가 와도 한 닷새 왔으면 좋지.

구름도 산마루에 걸려서 운다.

장산리에 오랜만에 비 온다. 밤에 비 온다. 자다 빗소리에
깼다. 장산리는 내가 태어나 자라 살고 있는 마을이다. 종길이
아재가 고추 모종 준비하는 밭두렁을 지나며 비가 간에 기별
도 안 가게 왔지요? 했더니, 겨우 먼지만 재웠어, 한다. 먼지가
자는 실버들 물가를 걸었다. 고추 갈면 이제, 올해는 서리 안
오고 소쩍새 운다.

개여울

당신은 무슨 일로
그리합니까
홀로이 개여울에 주저앉아서

파릇한 풀포기가
돋아나오고
잔물은 봄바람에 해적일 때에

가도 아주 가지는
않노라심은
그러한 약속이 있었겠지요

날마다 개여울에
나와 앉아서
하염없이 무엇을 생각합니다

가도 아주 가지는

않노라심은

굳이 잊지 말라는 부탁인지요

소월 시의 해석은 시를 훼손하고 시의 격을 떨어뜨리고 기운 빠지게 하고 소월 시에서 멀어지게도 한다. 소월 시는 해석을 손사래 치고 가만히 밀어낸다.

개여울은, 개울의 여울목을 말한다. 여울목은 물이 부서지는 곳이다. 물방울이 희게 튀어 오르고 물소리가 들리는 곳이다. 이 개여울은 아마 잔자갈이 많이 깔린 여울목이어서 물소리는 그리 크게 들리지 않고 속삭였을 것이다. '잔물은 봄바람에 해적일 때에' 말이다.

가을 저녁에

물은 희고 길구나, 하늘보다도.
구름은 붉구나, 해보다도.
서럽다, 높아가는 긴 들 끝에
나는 떠돌며 울며 생각한다, 그대를.

그늘 깊이 오르는 발 앞으로
끝없이 나아가는 길은 앞으로.
키 높은 나무 아래로, 물 마을은
성긋한 가지가지 새로 떠오른다.

그 누가 온다고 한 언약도 없건마는!
기다려볼 사람도 없건마는!
나는 오히려 못물가를 싸고 떠돈다.
그 못물로는 놀이 잦을 때.

못물은 모를 내기 위해 논에 가득 채워놓은 물이다. 어느 날 모 시인이 우리 집에 왔다. 모를 내기 위해 물을 가득 담아놓은 논으로 노을을 머리에 인 산이 내려와 못물이 붉었다. 모 시인이 말했다. 형님 내가 영화를 만들고 싶은데, 그 첫 장면은 지금 무논에 떨어진 저 붉은 산 그림자입니다. 나는 아무 말도 안 했다. 모 시인이 영화를 만들 일은 절대 없을 것이라는 것을 알고 있기 때문이었다.

언약이 없는데 '못물가를 싸고 떠돈다'는 말은 실은 거짓말이 틀림없다. 언약은 없더라도 '기다려볼' 사람은 있는 것이다. 그리움과 사랑에 '막연하다'는 말은, 없다.

눈 오는 저녁

바람 자는 이 저녁
흰 눈은 퍼붓는데
무엇 하고 계시노
같은 저녁 금년은……

꿈이라도 꾸며는!
잠들면 만날런가.
잊었던 그 사람은
흰 눈 타고 오시네.
저녁 때. 흰 눈은 퍼부어라.

눈이 오면, 사나흘

문 열고 보면

쉬었다가 하루 더

문 닫고

숨죽이고

눈 위에

눈 내리는 소리

밖에 나간 시는

못 돌아오고

엎디어 쓰던 시는

눈 속에 파묻히네.

먼 후일

먼 훗날 당신이 찾으시면
그때에 내 말이 '잊었노라'

당신이 속으로 나무라면
'무척 그리다가 잊었노라'

그래도 당신이 나무라면
'믿기지 않아서 잊었노라'

오늘도 어제도 아니 잊고
먼 훗날 그때에 '잊었노라'

봄이다. 우리 동네 봄이다. 강가로 나온 새들이 마른 풀잎에 물을 묻혀 가져간다. 참새들이 돋아나는 어린 사과나무 이파리를 콕콕 찍어 따 물고 처마 밑으로 들어간다. 쓸 계획이 있을 것이다. 새들이 집 짓는 계절이다.

소월은 미련을 앞에 둘 때도 있고 뒤에 둘 때도 있고 중간에 둘 때도 있다. 그러나 천천히 읽고 곰곰이 생각해보면 사람이나 새들이 집 짓는 것처럼 미련의 순서와 아귀가 맞아떨어져 놀란다. 참새는 푸른 새 잎을 따서 물고 가다가 놓쳤을 때, 땅에 닿기 전에 잽싸게 다시 물어 날아오른다.

사랑에는 먼 훗날이 없다.

땅에 닿기 전에 달려라.

첫 치마

봄은 가나니 저문 날에,
꽃은 지나니 저문 봄에,
속없이 우나니 지는 꽃을,
속없이 느끼나니 가는 봄을.
꽃 지고 잎 진 가지를 잡고
미친 듯 우나니 집 난 이는
해 다 지고 저문 봄에
허리에도 감은 첫 치마를
눈물로 함빡 쥐어짜며
속없이 우노나 지는 꽃을,
속없이 느끼노나 가는 봄을.

시냇가에 버드나무 연둣빛 첫 치마를 입었네. 앞산 산꼭대기 산벚나무 흰 치마를 입었네. 산 아래 물가까지 내려와 산복숭아나무 발목까지 분홍치마 입었네.

봄이 가네, 봄이 가네, 앞내 뒷내 흐르는 물이 봄을 실어가네. 첫 치마 벗겨 가네.

'꽃 지고 잎 진 가지'.

강 끝을 잡고 서서 내 맘은 하루를 우네.

엄숙

나는 혼자 뫼 위에 올랐어라.

솟아 퍼지는 아침 햇볕에

풀잎도 번쩍이며

바람은 속삭여라.

그러나

아아 내 몸의 상처 받은 맘이여

맘은 오히려 저리고 아픔에 고요히 떨려라

또 다시금 나는 이 한때에

사람에게 있는 엄숙을 모두 느끼면서.

한 구절도 놓치기 싫은 시이다. 나는 이 시를 문태준이라는 시인의 이름을 찾다가 그가 인용한 글 속에서 찾았다.

'나는 혼자 뫼 위에 올랐어라'도 좋고, '솟아 퍼지는 아침 햇볕에/ 풀잎도 번쩍이며/ 바람은 속삭여라'라고 하는 구절은 더 좋고, '그러나/ 아아 내 몸의 상처 받은 맘이여/ 맘은 오히려 저리고 아픔에 고요히 떨려라'라는 구절은 더더욱 가슴 서늘하고. '또 다시금 나는 이 한때에/ 사람에게 있는 엄숙을 모두 느끼면서'에서 마지막으로 '사람에게 있는 엄숙을 모두 느끼면서'는 나를 정신 차리게 한다. '사람에게'가 아니라 '사람에게 있는' 엄숙을 느끼는 것이다.

2020년 봄을 지나며 나는 '사람에게 있는 엄숙'을 다시 배운다.

부모

낙엽이 우수수 떨어질 때,
겨울의 기나긴 밤,
어머님하고 둘이 앉아
옛이야기 들어라.

나는 어쩌면 생겨 나와
이 이야기 듣는가?
묻지도 말아라, 내일 날에
내가 부모 되어서 알아보랴?

어머니는 고향 마을 단칸 초가 뒤 대숲에 배꽃도 잊었다. 어머니는 우리 어머니는 섣달 열이레 자기 남편 제삿날도 잊었다. 치맛단을 적시던 징검다리 저문 물살에도 손 놓았다. 어머니는, 우리 어머니는 서산에 기우는 낮달 같은 우리 어머니는.

나는 세상모르고 살았노라

‘가고 오지 못한다’는 말을
철없던 내 귀로 들었노라.
만수산 올라서서
옛날에 갈라선 그 내 임도
오늘날 뵈올 수 있었으면.

나는 세상모르고 살았노라.
고락에 겨운 입술로는
같은 말도 조금 더 영리하게
말하게도 지금은 되었건만.
오히려 세상모르고 살았으면!

‘돌아서면 무심타’고 하는 말이
그 무슨 뜻인 줄을 알았으랴.
제석산 붙는 불은 옛날에 갈라선 그 내 임의
무덤의 풀이라도 태웠으면!

무덤이 타면 잔디의 까만 재가 바람에 날리고 곧 새 풀이 돋아난다. 소월은 무덤을 자주 태운다. 그것도, 내 님의 무덤을.

우리 집

이 바로
외따로 와 지나는 사람 없으니
'밤 자고 가자' 하며 나는 앉아라.

저 멀리 하늬 편에
배는 떠나 나가는
노래 들리며

눈물은
흘러내려라
스르르 내려감는 눈에.

꿈에도 생시에도 눈에 선한 우리 집
또 저 산 넘어넘어
구름은 가라.

내가 사는 우리 집은 두 번 지었다. 내가 열네 살 때 사람들은 집을 지어놓고 그 집을 용택이네 집이라 불렀다. 하얀 기둥 한 개가 홀로 수직으로 서서 밤을 새우는 것을 보았다. 그 집에 살던 내가 일흔세 살 때, 그 집을 허물어 뜯어 나무들을 공장으로 실어 갔다. 우리 집도 고향을 떠나갔다.

달빛이 환한 빈 집터에 나는 서 보았다.

오랜 시간이 지나자 집 나무들이 귀향하였다. 썩은 곳들을 떼어내 고치고 못 쓸 서까래들을 바꾸었다. 집이 순서에 따라 옛 모습 그대로 지어졌다. 나는 지금 그 집에 있다. 내가 책을 보고, 달빛으로 시를 쓰던 집이다. 꿈속에서 쓴 시를 생시로 잇던 방, 그 방에 나는 들었다.

'우리 집'이라는 시어가 주는 이 정겨움이 이렇게나 가슴에 따뜻하게 가득 고여 일어서 내게 걸어오다니…….

엄마야 누나야

엄마야 누나야 강변 살자,
뜰에는 반짝이는 금모래 빛,
뒷문 밖에는 갈잎의 노래
엄마야 누나야 강변 살자.

우리 집은 마을의 가장 앞집이다. 앞 강과 앞산이 온전하다. 집 앞에는 마을 길이 있고 마을 길 앞에는 희영이네 텃밭, 앞에는 홍수네 텃밭, 앞에는 정수네 텃밭이 있다. 희영이, 홍수, 정수는 우리 마을에 안 산다. 정수네 밭은 종길네 아재가 해마다 고추 농사를 짓는다.

　고추밭 앞에 이웃 마을로 가는 큰 길이 있고, 그다음이 강변이다. 강변에는 강 억새가 산다. 풀숲이 깊어 이따금 고라니가 고개를 쏙 내밀고 나를 빤히 쳐다본다. 참새들이 마른 풀대에 앉아 그네를 타고 내가 지나가면 뱁새들이 일제히 풀숲 깊이 숨는다. 나는 참새와 뱁새 들과 사진 찍으며 논다. 그리고 강이다.

　내가 사는 집 뒤꼍은 산이다. 돌이 많이 산다. 달이 살고 바람이 산다. 눈이 산다. 노란 꾀꼬리가 날아와 나를 부른다.

　나는 그 소리를 들으며 책을 읽고 글을 쓰며 때로 어둔 밤을 홀로 앉아 지새우는 바위들처럼 괴로워하며 산다.

금잔디

잔디,

잔디,

금잔디,

심심산천에 붙는 불은

가신 임 무덤가에 금잔디.

봄이 왔네, 봄빛이 왔네.

버드나무 끝에도 실가지에.

봄빛이 왔네, 봄날이 왔네,

심심산천에도 금잔디에.

가락은 곡조를 만든다. 소월의 곡조를 따를 때마다 잔자갈이 깔린 여울 물소리가 들리곤 한다. 소월의 곡조는 큰 소리도 없다. 강조하지도 외치지도 않는다. 잔자갈밭을 흐르는 물이 만들어낸 가락 같다.

'잔디,/ 잔디,/ 금잔디' 흐르다가 곡이 단조로우면, 소월은 문득 서서 이렇게 한 고개를 스리슬쩍 타고 넘는다. '버드나무 끝에도 실가지에'.

임과 벗

벗은 설움에서 반갑고
임은 사랑에서 좋아라.
딸기 꽃 피어서 향기로운 때를
고추의 붉은 열매 익어가는 밤을
그대요, 부르라, 나는 마시리.

잎보다 먼저 피고 지는 꽃이 봄꽃이다. 진달래, 목련, 개나리, 벚꽃, 복숭아꽃, 살구꽃, 배꽃, 산수유꽃이, 봄꽃이다.

잎과 꽃이 같이 피는 봄꽃이 있다. 이른 봄 마른 가시덤불 우거진 곳에 희디희고 작아서 긴가민가 아련한 이 꽃은 산길에서 애잔하다. 가지는 외가지, 처음부터 끝까지 다문다문 핀다. '딸기 꽃 피어서 향기로운 때' 초여름 지나기 전에 따 먹는다. 딸기를 딸 때 꼭지까지 따서 같이 먹는다. 달고, 시고, 예쁘다. 딸 때 가시가 많아 조심해야 한다.

설움과 사랑은 항상 같이 있다. 친구와 같이 가시덤불 속 빨간 딸기를 따 손바닥에 모으며 하는 사랑 이야기는 섧다.

수아

섭다 해도

웬만한,

봄이 아니어,

나무도 가지마다 눈을 텄어라!

소월의 봄은 섧다. 서러워도 보통 서러운 게 아니다. 그것도 생각나는 가지마다 눈이 트는 것이다.

이 시를 가만히 읽어보라. 그리고 짧으니, 볼펜을 찾아 들고 한 자 한 자, 한 줄 한 줄 필사해보라. 볼펜 끝을 따라 무슨, 어떤, 눈이 트는 나무가 될 것이다.

초혼

산산이 부서진 이름이여!
허공중에 헤어진 이름이여!
불러도 주인 없는 이름이여!
부르다가 내가 죽을 이름이여!

심중에 남아 있는 말 한마디는
끝끝내 마저 하지 못하였구나.
사랑하던 그 사람이여!
사랑하던 그 사람이여!

붉은 해는 서산마루에 걸리었다.
사슴의 무리도 슬피 운다.
떨어져 나가 앉은 산 위에서
나는 그대의 이름을 부르노라.

설움에 겹도록 부르노라.
설움에 겹도록 부르노라.

부르는 소리는 비껴가지만
하늘과 땅 사이가 너무 넓구나.

선 채로 이 자리에 돌이 되어도
부르다가 내가 죽을 이름이여!
사랑하던 그 사람이여!
사랑하던 그 사람이여!

아버지는 벼를 거두어들이고 겨울이 오기 전에 논을 갈아
엎었다. 추경이다. 긴 겨울을 지내고 봄이 오면 아버지는 또
논을 갈아엎었다. 춘경이다. 춘경은 가을에 갈아엎은 흙을 다
시 갈아엎는다. 흙이 봄바람과 봄볕을 보아야 하기 때문이다.
모내기 하기 전에 물을 넣고 다시 한 번 갈아엎고 마지막으로
뭉쳐진 흙들을 써레질로 골라 모를 낸다.

소월의 시는 갈아엎은 논을 다시 갈아엎듯 반전이 숨어 있
어서, 논갈이하듯 읽어야 한다. 단순하게 읽으면 '산산이 부서
진 이름이여!' 이 구절만 남는다.

합장

나들이. 단 두 몸이라. 밤빛은 배어 와라.
아, 이거 봐, 우거진 나무 아래로 달 들어라.
우리는 말하며 걸었어라, 바람은 부는 대로.

등불 빛에 거리는 해적여라, 희미한 하늬 편에
고이 밝은 그림자 아득이고
퍽도 가까운, 풀밭에서 이슬이 번쩍여라.

밤은 막 깊어, 사방은 고요한데,
이마즉, 말도 안 하고, 더 안 가고,
길가에 우두커니. 눈감고 마주 서서.

먼 먼 산. 산 절의 절 종소리. 달빛은 지새어라.

소월은, 늘 이래라저래라 무슨 일을 시킨다. 나는 진심으로 그가 시키는 대로 하고 싶다. 가라고 하면 가고 오라고 하면 오고 걸어라 하면 걷고 싶다. 그리고 달을 보라 할 때 나는 제일 오래 달을 보고 서 있다. 그가 보라고 말한 시간보다 더 오래 달을 볼 때가 있다.

설움의 덩이

끓어앉아 올리는 향로의 향불.
내 가슴에 조그만 설움의 덩이.
초닷새 달 그늘에 빗물이 운다.
내 가슴에 조그만 설움의 덩이.

'초닷새'. 달은 초승달이다. 써놓고 보니 초닷새 다음 초엿 새, 다음 초이레. 날마다 날들이 예쁘다. 초승달이라는 말은 또 얼마나 예쁜가. 초닷새 초승달은 또 얼마나 서쪽 산에서 애 틋한가. 그것도 빗물이 우는 달은, 말을 말아라.

팔베개 노래

첫날에 길동무
만나기 쉬운가
가다가 만나서
길동무 되지요.

날 긇다 말아라
가장 임만 임이랴
오다가다 만나도
정 붙이면 임이지.

화문석 돗자리
놋촛대 그늘엔
칠십 년 고락을
다짐 둔 팔베개.

드나는 곁방의
미닫이 소리라

우리는 하룻밤
빌어 얻은 팔베개.

조선의 강산아
네가 그리 좁더냐
삼천리 서도를
끝까지 왔노라.

삼천리 서도를
내가 여기 왜 왔나
남포의 사공님
날 실어다 주었소.

집 뒷산 솔밭에
버섯 따던 동무야
어느 뉘 집 가문에
시집가서 사느냐.

영남의 진주는
자라난 내 고향
부모 없는

고향이라우.

오늘은 하룻밤
단잠의 팔베개
내일은 상사의
거문고 베개라.

첫닭아 꼬꾸요
목놓지 말아라
품속에 있던 임
길 차비 차릴라.

두루두루 살펴도
금강 단발령
고갯길도 없는 몸
나는 어찌하라우.

영남 진주는
자라난 내 고향
돌아갈 고향은
우리 임의 팔베개.

집 뒷산 솔밭에서 버섯 따던 동무야. 어느 뉘 집 가문에 시
집가서 사느냐. 팔베개 내준 남자는 이따금 돌아누워 오른팔
도 주더냐. 팔 베고 자는 밤은 잠이 달더냐.

해가 산마루에 저물어도

해가 산마루에 저물어도
내게 두고는 당신 때문에 저뭅니다.

해가 산마루에 올라와도
내게 두고는 당신 때문에 밝은 아침이라고 할 것입니다

땅이 꺼져도 하늘이 무너져도
내게 두고는 끝까지 모두 다 당신 때문에 있습니다.

다시는 나의 이러한 맘뿐은, 때가 되면,
그림자같이 당신한테로 가오리다.

오오, 나의 애인이었던 당신이여.

해가 서쪽에서 뜬다고 해도 믿고, 콩 심은 데서 팥이 났다고 해도 믿고, 세상에 이런 억지가 어디 있는가.

'오오, 나의 애인이었던 당신이여.'

임의 노래

그리운 우리 임의 맑은 노래는
언제나 제 가슴에 젖어 있어요

긴 날을 문밖에서 서서 들어도
그리운 우리 임의 고운 노래는
해 지고 저물도록 귀에 들려요
밤들고 잠들도록 귀에 들려요

고이도 흔들리는 노랫가락에
내 잠은 그만이나 깊이 들어요
고적한 잠자리에 홀로 누워도
내 잠은 포스근히 깊이 들어요

그러나 자다 깨면 임의 노래는
하나도 남김없이 잃어버려요
들으면 듣는 대로 임의 노래는
하나도 남김없이 잊고 말아요

하나도 남김없이 믿고 만다는 말을 곧이곧대로 믿을 사람
은 없다. 그래 놓고, 그랬으면서, 그러자고 해놓고, 이 어인 일
인가. 그 많은 말들을 '하나도 남김없이 잊고' 말다니.

알 수 있을 것 같고 손에 잡힐 것 같고 내 마음에 들어왔는
데, 모를 것이, 그것은 도대체 무엇인가.

봄비

어룰 없이 지는 꽃은 가는 봄인데
어룰 없이 오는 비에 봄은 울어라.
서럽다, 이 나의 가슴속에는!
보라, 높은 구름 나무의 푸릇한 가지.
그러나 해 늦으니 어스름인가.
애달피 고운 비는 그어오지만
내 몸은 꽃자리에 주저앉아 우노라.

비 와요, 비. 봄비요. 빗소리에 깼어요. 창문 열었지요. 어둠 속에서 새들이 울어요. 비를 뱉으며 울어요. 산 봐요, 강 봐요. 봄비요, 봄비. 난리 났어요. 알는지 모르지만, 내 맘이 더 난리 지요. 오늘도, '꽃자리' 세상 처음 와본 새순이랑 잘 지내세요. 빗소리 속에 새소리랑…… 빗속에.

안녕!